GLORIA ESTEFAN

Las Mágicas y Misteriosas Aventuras de una
Bulldog Llamada Noelle

ilustrado por MICHAEL GARLAND

rayo

Una rama de HarperCollinsPublishers

Noelle se asomó a las rejas descubriendo un gran jardín.
Con la niñita a su lado que le dio un hogar por fin.
Noelle no era muy bonita y mucho menos perfecta,
sus facciones eran raras y sus patas no eran rectas,
un lunar blanco en su pecho, vetas negras y castañas,
y es que, para ser Bulldog, Noelle era un poco extraña.
—¡Bienvenida a tu casita! —la niñita le exclamó.
—¡Quiero enseñártelo todo! —y su orejita rascó.

Cinco dálmatas hermosos corriendo a todo correr,
luciendo sus piernas largas, la quisieron conocer.
La olfatearon muy curiosos y uno la invitó a jugar.
Le dijo: —¡Eres diferente! ¿Vienes de otro lugar?
Noelle dijo: —En un avión volé muy alto en el cielo
sobre campos y montañas, llanos, mares y arroyuelos.
—¡Al estanque! —ellos ladraron—. ¡Te echamos una carrera!
Noelle trató de alcanzarlos, mas no se acercó siquiera.

—Mis patitas son muy cortas —pensó Noelle decepcionada—.
Con estos perros tan grandes no podré jugar a nada.

Cabizbaja y pensativa junto al estanque se echó.
Algo se movió en el agua de pronto y la salpicó.
Eran peces de colores muy brillantes y lustrosos,
que hacia la orilla nadaban muy contentos y gozosos.

—¡Tú eres la nueva perrita! ¡Vamos Noelle, a nadar!
¡Aquí jugamos felices, todo el día sin parar!

Noelle se lanzó con ganas y a los peces sorprendió,
cuando vieron que hasta el fondo como una piedra se hundió.

Rápidamente se unieron y a la orilla la llevaron.
La acostaron en el borde y alarmados, exclamaron:
—¡Perdona, nunca pensamos que no sabías nadar!
—¡Yo tampoco! —dijo Noelle—. ¡Por eso quise saltar!

De los pies a la cabeza su cuerpo se sacudió.
Mientras, un insecto raro en su hocico aterrizó.
—¿Qué eres TÚ? —dijo Noelle—. ¡No me vayas a picar!
Una luciérnaga lista con certeza empezó a hablar:

—No te asustes amiguita. Yo no te quiero inquietar.
Mi cola no es una aguja, la uso para alumbrar.
Todos tenemos un don, distinto en cada criatura.
Yo le doy luz a la noche, brillo pese a mi estatura.

—Mi color es muy oscuro —dijo Noelle con pesar—.
¡Me sentiría mejor si pudiera iluminar!

Se escuchó desde lo alto, la voz fuerte y confortante
de un gigante girasol que se erguía vigilante.
—Tu distinción, mi Noelle, no habrá quien te la arrebate,
cálida como la tierra y dulce cual chocolate.

En unas ramas muy altas, casi rasguñando el cielo,
aves de bello plumaje, formaban un gran revuelo.
Noelle les gritó curiosa: —¿Oigan, podemos hablar?
—pero chillando y cantando se echaron pronto a volar.

—¡Soy un fracaso! —lloró—. ¡Los pájaros no me entienden!
¡No puedo hacer nada bien y mi cola no se enciende!
¡No nado, corro muy lento, mi color no tiene brillo!
¡Si los otros fueran dedos, jamás seré yo el anillo!

El sol, ya un poco cansado, fue dejando atrás sus huellas.
Triste se sentó Noelle contemplando las estrellas.
La luciérnaga le habló con su candil reluciendo:
—El camino que has de andar, pronto lo irás descubriendo.
En el día sólo soy un insecto más con alas
pero en la noche reluzco y así me visto de gala.
Aunque las cosas no son todo lo que has esperado
verás que, de alguna forma, todos estamos ligados.

Cuando ya en su corazón más tristeza no cabía,
Noelle escuchó a la niña que con dulzura decía:
—Te he extrañado, mi Noelle, debes estar muy cansada.
La alzó, la besó muy suave y se la llevó cargada.
En los brazos de la niña, hecha un bultito café,
muy bien acurrucadita se durmió como un bebé.
Y en su sueño más profundo creyó poder encontrar
su mágico y misterioso camino para triunfar.

Tan cómoda y calientita fue difícil despertar.

Pero sintió un ruido afuera que la hizo sobresaltar.

Los dálmatas corrían frustrados, no hallaban cómo explicar.

Noelle preguntó: —¿Qué pasa? ¡Quizás los pueda ayudar!

—¡Tiramos la bola lejos! —ladraban—. ¡Se nos perdió!

¡Por fin la hemos encontrado! ¡Bajo del auto rodó!

Nuestras piernas son tan largas que no vamos a caber.

¡Hay que cancelar el juego! ¡No hay otra cosa que hacer!

—¡Nunca pasará tal cosa, si yo la puedo evitar!
¡YO sacaré esa pelota! —dijo Noelle sin dudar.
Con sus patas tan cortitas la bola recuperó
y se inventaron un juego que a TODOS los divirtió.

Noelle estaba contenta. Su sueño era realidad.
Fue a contarles a los peces su dicha y felicidad.
Al acercarse al estanque oyó un bullicio aterrador.
Sus amigos, sollozando, llamaban con gran temor:
—¡AUXILIO, SOCORRO, AYUDA! —gritaban así a la vez.
Noelle, corriendo apurada, fuera del agua vio un pez.
—¡Jugábamos saltando alto! —uno de ellos le explicó—,
¡Pero aquel pez dio más vueltas y sin querer se salió!

Noelle reaccionó enseguida. Sabía justo qué hacer:
ponerse el pez en la boca cuidando de no morder.
Lo llevó muy suavemente y al agua lo devolvió.
Fue allí que por vez primera Noelle, feliz, sonrió.

Los peces juntos gritaron: —¡Noelle, como tú no hay dos!
¡Si no fuera por tu astucia nuestro hermano dice adiós!
La luciérnaga aclamaba a Noelle sin descansar:
—¡Confiaba que triunfarías si sabías perseverar!
¡Pero apúrate Noelle que alguien más te hizo llamar!
¡Las aves están hambrientas y se podrían enfermar!
Noelle, hacia la cocina, se apuró sin titubear
a buscar lo que había visto en un estante guardar.

Se construyó una escalera con lo que pudo encontrar.
Agarró un saco de harina y dos de arroz para trepar,
latas de frijoles blancos puestas una sobre otra
con el hocico empujó, tanto que casi se agota.
Pero subió hasta la cima y finalmente alcanzó
una bolsa de semillas que con sus dientes bajó.
A los pájaros felices les abrió el saco diciendo:
—¡Les traeré semilla a diario para que sigan comiendo!

—¡Qué impresionante Noelle! —Chirreaban con gran fervor—.
—¡No dejas de sorprendernos! ¡Tú sí que eres la MEJOR!
Todos la felicitaron elogiando su destreza.
Desde adentro había crecido su fuerza y su gran belleza.
Noelle se sintió orgullosa, su luz comenzó a alumbrar.
Con su poder misterioso a todos logró tocar.
¡Y aunque esconda sus encantos por debajo de su piel,
no ha existido otra perrita con la magia de Noelle!

Para Nayib y Emily

CRÉDITOS PARA EL CD
Para Noelle (Sueño) 3:40
Interpretado por: Gloria Estefan
Letra: Gloria M. Estefan, Emilio Estefan, Ricardo Gaitán, Alberto Gaitán
Música por: Gloria M. Estefan
Producido por: Emilio Estefan, Gaitan Bros. para Crescent Moon, Inc.
Arreglos por: Gaitan Bros.; Guitarras acústica y eléctrica: Marco Linares;
Percusión: Archie Peña; Ingenieros de grabación: Alfred Figueroa, Gaitan Bros.;
Ingeniero de voz: Sebastian Krys, Gaitan Bros.; Ingeniero de Mezcla: Alfred Figueroa;
Asistente de Ingeniero: Ryan Wolff; Grabado y mezclado en: Crescent Moon Studios,
Miami, FL; Publicado por: Foreign Imported Productions & Publishing, Inc. (BMI)
© 2005 Estefan Enterprises, Inc./ ℗ 2005 Sony BMG Music Entertainment, Inc.
Todos derechos reservados. Fabricado por HarperCollins Publishers,
10 East 53rd Street, New York, NY 10022.

Diseño del libro por Jeanne L. Hogle

PRIMERA EDICIÓN RAYO, 2005
Impreso en papel sin ácido
Library of Congress ha catalogado la edición en inglés.

ISBN-10: 0-06-082626-6
ISBN-13: 978-0-06-082626-0
02 03 04 05 06 10 9 8 7 6 5 4 3 2 1